AF268294

POÈTES ET PROSATEURS

—

ANTHOLOGIE CONTEMPORAINE

DES

ÉCRIVAINS FRANÇAIS ET BELGES

—

TOME DEUXIÈME

—

POÈTES ET PROSATEURS

ANTHOLOGIE

CONTEMPORAINE

DES

ÉCRIVAINS FRANÇAIS & BELGES

SOUS LA DIRECTION LITTÉRAIRE DE

ALBERT DE NOCÉE

DEUXIÈME SÉRIE

Nᵒˢ 13 A 24. — 1 JANVIER AU 25 MARS 1888

MM. ÉMILE ZOLA — JEAN RAMEAU
LUCIEN SOLVAY — AURÉLIEN SCHOLL — THÉO HANNON
ALBERT TINCHANT — GEORGES PRICE
Mᵐᵉ CLÉMENTINE LOUANT — CLOVIS HUGHES
CHARLES VIGNIER — LUCIEN DESCAVES
ÉMILE GOUDEAU

BRUXELLES
Messageries de la Presse
16, RUE DU PERSIL, 16

PARIS
Librairie Universelle
41, RUE DE SEINE, 41

— 1888 —

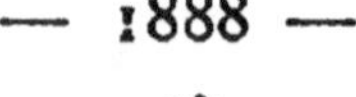

EMILE ZOLA

UNE FARCE

CONTES A NINON
— SIMPLICE —

VOL. 13. — SÉRIE II (N° I).

BIBLIOGRAPHIE

ÉMILE ZOLA, né à Paris, le 2 avril 1840.

LES ROUGON-MACQUART
HISTOIRE NATURELLE ET SOCIALE D'UNE FAMILLE SOUS LE SECOND EMPIRE

La Fortune des Rougon, 20ᵉ mille.	G. Charpentier et Cⁱᵉ
La Curée, 30ᵉ mille.	—
Le Ventre de Paris, 27ᵉ mille.	—
La Conquête de Plassans, 22ᵉ mille.	—
La Faute de l'Abbé Mouret, 40ᵉ mille.	—
Son Excellence Eugène Rougon, 21ᵉ mille.	—
L'Assommoir, 111ᵉ mille.	—
Une Page d'Amour, 58ᵉ mille.	—
Nana, 149ᵉ mille.	—
Pot-Bouille, 75ᵉ mille.	—
Au Bonheur des Dames, 55ᵉ mille.	—
La Joie de vivre, 44ᵉ mille.	—
Germinal, 72ᵉ mille.	—
L'Œuvre, 49ᵉ mille.	—
La Terre.	—

ROMANS ET NOUVELLES

Thérèse Raquin.	G. Charpentier et Cⁱᵉ
Madeleine Férat.	—
La Confession de Claude.	—
Contes à Ninon.	—
Nouveaux Contes à Ninon.	—
Le Capitaine Burle, 10ᵉ mille.	—
Naïs Micoulin, 13ᵉ mille.	—
Les Mystères de Marseille.	—

ŒUVRES CRITIQUES

Mes Haines, 3ᵉ mille.	G. Charpentier et Cⁱᵉ
Le Roman Expérimental, 6ᵉ mille.	—
Les Romanciers Naturalistes, 3ᵉ mille.	—
Le Naturalisme au Théâtre, 3ᵉ mille.	—
Nos Auteurs dramatiques, 3ᵉ mille.	—
Documents littéraires, 3ᵉ mille.	—
Une Campagne, 1880-1881, 3ᵉ mille.	—

THÉATRE

Thérèse Raquin. — Les Héritiers Rabourdin. — Le Bouton de Rose, 3ᵉ mille.

Le Ventre de Paris.

Renée.

En collaboration avec Guy de Maupassant, Huysmans, Céard, Hennique, Alexis
Les Soirées de Médan.

UNE FARCE

—

— Ohé ! du canot !... Venez me prendre ici.

Et le grand Planchet, long comme un jour sans pain, se hausse encore parmi les saules de la rive, pour se faire voir de la petite barque qui descend lentement la Seine, et dans laquelle se trouvent cinq jeunes gens et deux femmes. Il y a là des peintres, Charlot et Bernicard ; un sculpteur, Chamborel ; puis, Morand, un rédacteur du *Messager des Théâtres*, et Laquerrière, un jeune poète qui termine un drame pour l'Odéon. Des deux femmes, Louise, une grosse blonde, est la maîtresse de Morand, et Marguerite, une petite brune, celle de Chamborel.

— Ohé ! répète Planchet, venez donc me prendre ! Je ne veux pas rentrer à pied. Merci ! près de trois kilomètres !... Ohé !

Mais la barque file doucement. Chamborel qui tient la barre, fume sa pipe, sans même tourner la tête, comme s'il n'entendait pas.

— Est-il assommant, ce Planchet ! dit Louise. Qui donc l'a amené chez la mère Gigoux ?

— Personne, répond Bernicard. Il a entendu parler de Gloton à l'atelier, et il est tombé sur notre dos, il y a une quinzaine de jours... Je ne connais pas de garçon plus collant.

— Ah bien ! reprend Louise, je me charge de vous en débarrasser, moi, si vous voulez.

Sur la berge, au milieu des saules, Planchet se fâche peu à peu.

— Voyons, pas de blague ! Abordez ici... Vous pouvez bien aborder.

Alors, Charlot, qui rame, se décide à répondre. Jamais il n'abordera à cet endroit. Il ne veut pas rester dans la vase, bien sûr ! Et, comme Planchet offre d'aller attendre la barque sur un autre point, Morand s'en mêle et lui crie que, lorsqu'un peintre a l'idée bête de venir pêcher à la ligne, il doit s'en retourner tout seul et à pied. Les femmes applaudissent. Laquerrière, debout, commence un discours sur les devoirs du pêcheur à la ligne. Le canot file toujours, Planchet leur montre le poing, puis se met à courir pour rentrer à Gloton en même temps qu'eux.

— Vous ne savez pas, dit Louise au milieu des rires, je vais faire semblant de tomber amoureuse de lui... Je demande trois jours pour le forcer à reprendre le chemin de fer.

— Oui, oui, ce sera drôle ! s'écrie la bande.

Cependant, Charlot rame furieusement, pour devancer Planchet, de façon à déjeuner sans lui, ce qui le vexera.

Il faut connaître ce coin de nature, un désert à une quinzaine de lieues de Paris. Au pied du coteau, la Seine coule, s'élargit, semée de grandes îles qui ménagent entre elles des bras de rivière délicieux. Le chemin de fer de Rouen passe à Bonnières, un bourg situé sur la rive gauche. Mais, de l'autre côté du fleuve, que l'on traverse dans un vieux bac craquant sur ses chaînes, il y a un petit village, où la bande s'est installée. C'est presque toujours un peintre, qui, sa boîte aux épaules, tombe un beau jour dans une auberge borgne, qu'il invente pour la saison prochaine. Telle est l'histoire de l'auberge de la mère Gigoux, à Gloton, inventée par le peintre Bernicard.

Les paysans stupéfaits voient, depuis le mois de mai, des messieurs étranges envahir le pays. Ils arrivent en paletot ; mais, dès le soir, ils ont des chapeaux défoncés, des blouses bariolées de couleurs, des pantalons verdis par les herbes. Il y a aussi des dames, des dames qui ne se gênent pas et qui retirent tranquillement leur chemise derrière un tronc d'arbre, pour prendre des bains en pleine Seine. Et tous gesticulent, se battent avec les arbres, conquièrent les îles, où ils crient si fort, qu'ils mettent en fuite des vols de corbeaux.

— Vite, vite, mère Gigoux, servez-nous ! dit Louise, en arrivant à l'auberge.

Planchet n'a pas encore paru. Ils se mettent tous à table, dévorent une omelette et des pommes de terre frites. Le plat est vide, lorsqu'enfin le peintre fait son entrée. Il est hors de lui.

— Ah ! vous êtes gentils !... Vous pouvez me demander un service, par exemple !

Chamborel lui explique gravement que le canot aurait coulé, si l'on avait pris un passager de plus.

— Allons donc ! dit Planchet, nous y avons tenu jusqu'à dix.

— Ça dépend du vent, répond Charlot.

La mère Gigoux apporte deux œufs sur le plat au retardataire. Mais il est très vexé de voir que les pommes de terre frites sont finies. Il continue à grogner, lorsque, brusquement, un fait imprévu lui coupe la parole. Sous la table, il a senti le genou de sa voisine, Louise, lui donner de petits coups, comme pour le faire taire ; puis, la jeune femme a posé tendrement son pied sur le sien. Cette aventure suffoque Planchet, qui, d'ordinaire, n'a pas de chance avec les femmes. Il ne s'aperçoit pas que tout le monde étouffe des rires, en voyant son saisissement. Ah ! quelle vengeance, s'il pouvait enlever une maîtresse à Morand, qui se moque toujours de lui !

Au sortir de table, Marguerite le prend à part et lui dit d'un air effrayé :

— Vous vous perdez, malheureux !... Je connais Louise, c'est une femme qui vous mènera loin.

— Comment ? balbutia-t-il, qu'est-ce que vous voulez dire ?

— Ne faites donc pas l'innocent ! J'ai tout vu, à table... Mais prenez garde que Morand ne s'aperçoive de quelque chose. Il vous tuerait.

A partir de ce moment, le pauvre Planchet devient le jouet de la bande. Jusque-là, on s'est contenté de lui faire les farces classiques : on a attaché un hareng saur à sa ligne; on a emporté ses vêtements pendant qu'il se baignait ; on a introduit, dans ses draps, des orties fraîches. Mais, à présent, comme il s'agit de le mettre en fuite, on se montre féroce.

Le soir, après le dîner, la société va s'étendre sur deux bottes de paille, que la mère Gigoux a eu la générosité d'étaler au fond de la cour. C'est l'heure des théories, des discussions furibondes qui durent jusqu'à minuit et qui tiennent éveillés les paysans tremblants. On fume des pipes, en regardant la lune. On se traite d'idiot et de crétin, pour la moindre divergence d'opinion. Ce qui enflamme surtout les querelles, c'est que Laquerrière, le poète, défend le romantisme, tandis que les peintres Bernicard et Charlot sont des réalistes enragés. Les deux femmes, très au courant des questions que l'on discute, portent, elles aussi, des jugements carrés. On exécute les hommes connus, on se grise de l'espoir de renverser prochainement tout ce qui existe, pour révéler un nouvel art, dont on sera les prophètes. Ces jeunes gens, sur cette paille, au milieu de la nuit calme, font la conquête du monde.

Mais, depuis qu'on se moque de « cette grande andouille de Planchet », comme disent les dames, les discussions du soir cessent parfois, et Morand entre en scène. Il raconte ses duels. A l'entendre, il a déjà couché dix hommes sur l'herbe, toujours pour des affaires de femmes. Il faut l'écouter raconter chaque duel avec des détails effrayants. Il a embroché l'un de part en part ; il a fendu le nez à l'autre ; il a crevé les deux yeux à un troisième. Chaque fois, c'est un raffinement de vengeance à donner froid au plus brave. Et, pendant ce temps, Louise affecte de chercher la main de Planchet, ou bien elle lui jette une jambe en travers des siennes. Le malheureux, grelottant de peur, a beau se reculer. Il ne veut pas paraître trop lâche, il tient bon. Cette Louise est si jolie ! Alors, on se décide aux grands moyens.

Un soir, Louise donne rendez-vous à Planchet dans une île. La société doit aller à Bennecourt, un village voisin. Mais elle se dira malade, et, quant à lui, il pourra rester, sous le prétexte de terminer une étude. Les choses s'arrangent à merveille. Planchet prend le bac, pendant que Louise passe dans le canot de la mère Gigoux. Une fois dans l'île, elle commence à le promener durant une heure ; elle affecte de se méfier de tous les trous de verdure ; chaque fois qu'il veut s'arrêter, elle murmure :

— Oh ! non, pas là, on nous verrait.

Enfin, quand elle l'a entraîné à l'extrémité de l'île, elle consent à s'asseoir, au bord de l'eau. Mais à peine est-il allongé près d'elle que des voix s'élèvent.

— Mon Dieu ! s'écrie-t-elle, c'est Morand. Il va nous tuer tous les deux... Sans doute, il aura soupçonné quelque chose et il nous a suivis... Mon Dieu ! Mon Dieu ! cachez-vous vite !

Et, comme Planchet effaré se trouve acculé à cette pointe extrême de l'île, il n'a qu'un moyen de se cacher, celui d'entrer dans l'eau.

— Enfoncez-vous davantage, murmure Louise. Encore, encore, jusqu'au cou !... Là, maintenant, mettez des feuilles de nénuphar sur votre tête. Et ne bougez plus !

Morand semble stupéfait de trouver Louise en cet endroit. Puis il s'emporte, il lui crie qu'elle ne devait pas être seule, et il se jette dans les buissons voisins. Planchet, sous ses nénuphars, est blanc comme un linge. Mais le pis est que la société s'installe. Morand paraît convaincu qu'il s'est trompé. On est bien là, on est très gai, on reste une heure sur l'herbe à se lancer dans des théories sans fin. Un instant même, Chamborel prend des cailloux et fait des ricochets. Planchet, condamné à l'immobilité, a une peur affreuse d'être éborgné. Enfin, la société s'en va, et le pauvre diable peut rentrer en courant, trempé et ruisselant comme un fleuve. Il reste un jour au lit avec une assez forte fièvre.

Dès le lendemain, les plaisanteries recommencent. Louise, pourtant, devient rêveuse. Le jour où Planchet a gardé le lit, elle lui a monté deux fois de la tisane. On se moque des gens, mais ce c'est pas une raison pour les faire crever. D'ailleurs, il n'est pas plus ridicule qu'un autre, ce Planchet, un peu long peut-être.

Un soir, après une promenade en canot, une de ces promenades furibondes d'où l'on ramène le canot en pièces, pour l'avoir jeté contre les pierres des berges, une discussion s'élève sur la réalité dans l'art. Morand, de son ton doctoral de critique, déclare que les réalistes vont trop loin. Ainsi, ils ne peuvent tout reproduire dans la nature.

— Crétin ! crie Bernicard exaspéré.

— Écoutez-moi...

— Idiot ! dit à son tour Chamborel.

Mais Laquerrière prend parti pour Morand.

Louise, qui ne les écoute pas, les interrompt tout d'un coup. Planchet vient d'aller chercher des allumettes.

— Dites donc, ce sera pour demain, si vous voulez... Je dis à Planchet que je file avec lui. Puis, quand il sera dans le train, je le traite de jobard, et je m'esquive.

La farce est bonne. Le lendemain, Louise disparaît avec Planchet. Mais la bande va se cacher dans un bouquet d'arbres, de l'autre côté de la gare. Et, quand le train est sur le point de partir, on se montre, pour blaguer.

— Tiens ! dit Chamborel, Louise qui reste à la portière!... Elle n'a juste que le temps de descendre.

La locomotive siffle, le train s'ébranle.

— Eh bien ! eh bien ! elle ne descend pas, s'écrie Charlot. Mais ce n'est plus drôle, alors !

— Ma foi ! elle file avec lui, murmure Marguerite. C'est du propre !

Tous se mettent à ricaner, en regardant Morand. Celui-ci est un peu pâle. Il suit le train qui disparaît à toute vapeur. Puis, il fait un grand geste d'insouciance.

— Rentrons dîner, hein ! dit-il. La mère Gigoux a mis une poule... Je vous disais donc hier soir, que l'on ne peut pas toujours reproduire la réalité...

— Crétin ! crie Chamborel.

— Idiot ! hurle Bernicard.

Et la discussion recommence, dans le crépuscule qui tombe sur les champs mélancoliques.

CONTES A NINON

SIMPLICE

—

I

Il y avait autrefois, — écoute bien, Ninon, je tiens ce récit
d'un vieux pâtre, — il y avait autrefois, dans une île que la
mer a depuis longtemps engloutie, un roi et une reine qui
avaient un fils. Le roi était un grand roi : son verre était le
plus profond de son empire ; son épée, la plus lourde ; il
tuait et buvait royalement. La reine était une belle reine :
elle usait tant de fard qu'elle n'avait guère plus de quarante
ans. Le fils était un niais.

Mais un niais de la plus grosse espèce, disaient les gens
d'esprit du royaume. A seize ans, il fut emmené en guerre
par le roi : il s'agissait d'exterminer certaine nation voisine
qui avait le grand tort de posséder un territoire. Simplice se
comporta comme un sot : il sauva du carnage deux douzaines de femmes et trois douzaines et demie d'enfants ; il
faillit pleurer à chaque coup d'épée qu'il donna ; enfin la vue
du champ de bataille, souillé de sang et encombré de cada-
vres, lui mit une telle pitié au cœur, qu'il n'en mangea pas
de trois jours. C'était un grand sot, Ninon, comme tu vois.

A dix-sept ans, il dut assister à un festin donné à tous les
grands gosiers du royaume. Là encore il commit sottise sur
sottise. Il se contenta de quelques bouchées, parlant peu, ne
jurant point. Son verre risquant de rester toujours plein
devant lui, le roi, pour sauvegarder la dignité de sa famille,
se vit forcé de le vider de temps à autre en cachette.

A dix-huit ans, comme le poil lui poussait au menton, il
fut remarqué par une dame d'honneur de la reine. Les
dames d'honneur sont terribles, Ninon. La nôtre ne voulait
rien moins que se faire embrasser par le jeune prince. Le

pauvre enfant n'y songeait guère ; il tremblait fort, lorsqu'elle lui adressait la parole, et se sauvait, dès qu'il apercevait le bord de ses jupes dans les jardins. Son père, qui était un bon père, voyait tout et riait dans sa barbe. Mais comme la dame courait plus fort et que le baiser n'arrivait pas, il rougit d'avoir un tel fils, et donna lui même le baiser demandé, toujours pour sauvegarder la dignité de sa race.

— Ah ! le petit imbécile ! dit le roi qui avait de l'esprit.

II

Ce fut à vingt ans que Simplice devint complètement idiot. Il rencontra une forêt et tomba amoureux.

Dans ces temps anciens, on n'embellissait point encore les arbres à coups de ciseaux, et la mode n'était pas de semer le gazon ni de sabler les allées. Les branches poussaient comme elles l'entendaient : Dieu seul se chargeait de modérer les ronces et de ménager les sentiers. La forêt que Simplice rencontra était un immense nid de verdure, des feuilles et encore des feuilles, des charmilles impénétrables coupées par de majestueuses avenues. La mousse, ivre de rosée, s'y livrait à une débauche de croissance ; les églantiers, allongeant leurs bras flexibles, se cherchaient dans les clairières pour exécuter des danses folles autour des grands arbres ; les grands arbres eux-mêmes, tout en restant calmes et sereins, tordaient leur pied dans l'ombre et montaient en tumulte baiser les rayons d'été. L'herbe verte croissait au hasard, sur les branches comme sur le sol ; la feuille embrassait le bois, tandis que, dans leur hâte de s'épanouir, pâquerettes et myosotis, se trompant parfois, fleurissaient sur les vieux troncs abattus. Et toutes ces branches, toutes ces herbes, toutes ces fleurs chantaient ; toutes se mêlaient, se pressaient pour babiller plus à l'aise, pour se dire tout bas les mystérieuses amours des corolles. Un souffle de vie courait au fond des taillis ténébreux, donnant une voix à chaque brin de mousse dans les ineffables concerts de l'aurore et du crépuscule. C'était la fête immense du feuillage.

Les bêtes à bon Dieu, les scarabées, les libellules, les papillons, tous les beaux amoureux des haies fleuries, se donnaient rendez-vous aux quatre coins du bois. Ils y avaient établi leur petite république ; les sentiers étaient leurs sentiers ; les ruisseaux, leurs ruisseaux ; la forêt, leur forêt. Ils se logeaient commodément au pied des arbres, dans les feuilles sèches, vivaient là comme chez eux, tranquillement et par droit de conquête. Ils avaient d'ailleurs, en bonnes gens, abandonné les hautes branches aux fauvettes et aux rossignols.

La forêt qui chantait par ses branches, par ses feuilles, par ses fleurs, chantait encore par ses insectes et par ses oiseaux.

III

Simplice devint en peu de jours un vieil ami de la forêt. Ils bavardèrent si follement ensemble, qu'elle lui enleva le peu de raison qui lui restait. Lorsqu'il la quittait pour venir s'enfermer entre quatre murs, s'asseoir devant une table, se coucher dans un lit, il demeurait tout songeur. Enfin, un beau matin, il abandonna soudain ses appartements et alla s'installer sous les feuillages aimés.

Là, il se choisit un immense palais.

Son salon fut une vaste clairière ronde, d'environ mille toises de surface. De longues draperies vert sombre en ornaient le pourtour ; cinq cents colonnes flexibles soutenaient, sous le plafond, un voile de dentelle couleur d'émeraude : le plafond lui-même était un large dôme de satin bleu changeant, semé de clous d'or.

Pour chambre à coucher, il eut un délicieux boudoir, plein de mystère et de fraîcheur. Le plancher ainsi que les murs en étaient cachés sous de moelleux tapis d'un travail inimitable. L'alcôve, creusée dans le roc par quelque géant, avait des parois de marbre rose et un sol de poussière de rubis.

Il eut aussi sa chambre de bains, une source d'eau vive, une baignoire de cristal perdue dans un bouquet de fleurs. Je ne te parlerai pas, Ninon, des mille galeries qui se croisaient dans le palais, ni des salles de danse et de spectacle, ni des jardins. C'était une de ces royales demeures comme Dieu sait en bâtir.

Le prince put désormais être un sot tout à son aise. Son père le crut changé en loup et chercha un héritier plus digne du trône.

IV

Simplice fut très occupé les jours qui suivirent son installation. Il lia connaissance avec ses voisins, le scarabée de l'herbe et le papillon de l'air. Tous étaient de bonnes bêtes, ayant presque autant d'esprit que les hommes.

Dans les commencements, il eut quelque peine à comprendre leur langage : mais il s'aperçut bientôt qu'il devait s'en prendre à son éducation première. Il se conforma vite à la concision de la langue des insectes. Un son finit par lui suffire, comme à eux pour désigner cent objets différents, suivant l'inflexion de la voix et la tenue de la note. De sorte qu'il alla se déshabituant de parler la langue des hommes, si pauvre dans sa richesse.

Les façons d'être de ses nouveaux amis le charmèrent. Il s'émerveilla surtout de leur manière de juger les rois, qui est celle de ne point en avoir. Enfin il se sentit ignorant auprès d'eux, et prit la résolution d'aller étudier dans leurs écoles.

Il fut plus discret dans ses rapports avec les mousses et les aubépines. Comme il ne pouvait encore saisir les paroles du brin d'herbe et de la fleur, cette impuissance jetait beaucoup de froid dans ses relations.

Somme toute, la forêt ne le vit pas d'un mauvais œil. Elle comprit que c'était là un simple d'esprit et qu'il vivrait en bonne intelligence avec les bêtes. On ne se cacha plus de lui. Souvent il lui arrivait de surprendre au fond d'une allée un papillon chiffonnant la collerette d'une marguerite.

Bientôt l'aubépine vainquit sa timidité jusqu'à donner des leçons au jeune prince. Elle lui apprit amoureusement le langage des parfums et des couleurs. Dès lors, chaque matin, les corolles empourprées saluaient Simplice à son lever ; la feuille verte lui contait les cancans de la nuit, le grillon lui confiait tout bas qu'il était amoureux fou de la violette.

Simplice s'était choisi pour bonne amie une libellule dorée, au fin corsage, aux ailes frémissantes. La chère belle se montrait d'une désespérante coquetterie : elle se jouait, semblait l'appeler, puis fuyait lestement sous sa main. Les grands arbres, qui voyaient ce manège, la tançaient vertement, et, graves, disaient entre eux qu'elle ferait une mauvaise fin.

<h2 style="text-align:center">V</h2>

Simplice devint subitement inquiet.

La bête à bon Dieu, qui s'aperçut la première de la tristesse de leur ami, essaya de le confesser. Il répondit en pleurant qu'il était gai comme aux premiers jours.

Maintenant, il se levait avec l'aurore pour courir les taillis jusqu'au soir. Il écartait doucement les branches, visitant chaque buisson. Il levait la feuille et regardait dans son ombre.

— Que cherche donc notre élève ? demandait l'aubépine à la mousse.

La libellule, étonnée de l'abandon de son amant, le crut devenu fou d'amour. Elle vint lutiner autour de lui. Mais il ne la regarda plus. Les grands arbres l'avaient bien jugée : elle se consola vite avec le premier papillon du carrefour.

Les feuillages étaient tristes. Ils regardaient le jeune prince interroger chaque touffe d'herbe, sonder du regard les longues avenues ; ils l'écoutaient se plaindre de la profondeur des broussailles, et ils disaient :

— Simplice a vu Fleur-des-eaux, l'ondine de la source.

VI

Fleur-des-eaux était fille d'un rayon et d'une goutte de rosée. Elle était si limpidement belle, que le baiser d'un amant devait la faire mourir, elle exhalait un parfum si doux, que le baiser de ses lèvres devait faire mourir un amant.

La forêt le savait, et la forêt jalouse cachait son enfant adorée. Elle lui avait donné pour asile une fontaine ombragée de ses rameaux les plus touffus. Là, dans le silence et dans l'ombre, Fleur-des-eaux rayonnait au milieu de ses sœurs. Paresseuse, elle s'abandonnait au courant, ses petits pieds demi-voilés par les flots, sa tête blonde couronnée de perles limpides. Son sourire faisait les délices des nénuphars et des glaïeuls. Elle était l'âme de la forêt.

Elle vivait insoucieuse, ne connaissant de la terre que sa mère, la rosée, et du ciel que le rayon, son père Elle se sentait aimée du flot qui la berçait, de la branche qui lui donnait son ombre. Elle avait mille amoureux et pas un amant.

Fleur-des-eaux n'ignorait pas qu'elle devait mourir d'amour; elle se plaisait dans cette pensée, et vivait en espérant la mort. Souriante, elle attendait le bien-aimé.

Une nuit, à la clarté des étoiles, Simplice l'avait vue au détour d'une allée. Il la chercha pendant un long mois, pensant la rencontrer derrière quelque tronc d'arbre. Il croyait toujours la voir glisser dans les taillis ; mais il ne trouvait, en accourant, que les grandes ombres des peupliers agités par les souffles du ciel.

VII

La forêt se taisait maintenant ; elle se défiait de Simplice.

Elle épaississait son feuillage, elle jetait toute sa nuit sur les pas du jeune prince. Le péril qui menaçait Fleur-des-eaux la rendait chagrine; elle n'avait plus de caresses, plus d'amoureux babil.

L'ondine revint dans les clairières, et Simplice la vit de nouveau. Fou de désir, il s'élança à sa poursuite. L'enfant, montée sur un rayon de lune, n'entendit point le bruit de ses pas. Elle volait ainsi, légère comme la plume qu'emporte le vent.

Simplice courait, courait à sa suite sans pouvoir l'atteindre. Des larmes coulaient de ses yeux, le désespoir était dans son âme.

Il courait, et la forêt suivait avec anxiété cette course insensée. Les arbustes lui barraient le chemin. Les ronces l'entouraient de leurs bras épineux, l'arrêtant brusquement au passage. Le bois entier défendait son enfant.

Il courait, et sentait la mousse devenir glissante sous ses pas. Les branches des taillis s'enlaçaient plus étroitement, se présentaient à lui, rigides comme des tiges d'airain. Les feuilles sèches s'amassaient dans les vallons ; les troncs d'arbres abattus se mettaient en travers des sentiers; les rochers roulaient d'eux-mêmes au-devant du prince. L'insecte le piquait au talon ; le papillon l'aveuglait en battant des ailes à ses paupières.

Fleur-des-eaux, sans le voir, sans l'entendre, fuyait toujours sur le rayon de lune. Simplice sentait avec angoisse venir l'instant où elle allait disparaître.

Et, désespéré, haletant, il courait, courait.

VIII

Il entendit les vieux chênes qui lui criaient avec colère :

— Que ne disais-tu que tu étais un homme ? Nous nous serions cachés de toi, nous t'aurions refusé nos leçons, pour que ton œil de ténèbres ne pût voir Fleur-des-eaux, l'ondine de la source. Tu t'es présenté à nous avec l'innocence des bêtes, et voici qu'aujourd'hui tu montres l'esprit des hommes. Regarde, tu écrases les scarabées, tu arraches nos feuilles, tu brises nos branches. Le vent d'égoïsme t'emporte, tu veux nous voler notre âme.

Et l'aubépine ajouta :

— Simplice, arrête, par pitié ! Lorsque l'enfant capricieux désire respirer le parfum de mes bouquets étoilés, que ne les laisse-t-il s'épanouir librement sur la branche ! Il les cueille et n'en jouit qu'une heure.

Et la mousse dit à son tour :

— Arrête, Simplice, viens rêver sur le velours de mon frais tapis. Au loin, entre les arbres, tu verras se jouer Fleur-des-eaux. Tu la verras se baigner dans la source, se jetant au cou des colliers de perles humides. Nous te mettrons de moitié dans la joie de son regard : comme à nous, il te sera permis de vivre pour la voir.

Et toute la forêt reprit :

— Arrête, Simplice, un baiser doit la tuer, ne donne pas ce baiser. Ne le sais-tu pas ? la brise du soir, notre messagère, ne te l'a-t-elle pas dit ? Fleur-des-eaux est la fleur céleste dont le parfum donne la mort. Hélas ! la pauvrette, sa destinée est étrange. Pitié pour elle, Simplice, ne bois pas son âme sur ses lèvres.

IX

Fleur-des eaux se tourna et vit Simplice. Elle sourit, elle lui fit signe d'approcher, en disant à la forêt :

— Voici venir le bien-aimé.

Il y avait trois jours, trois heures, trois minutes, que le prince poursuivait l'ondine. Les paroles des chênes grondaient encore derrière lui ; il fut tenté de s'enfuir.

Fleur-des-eaux lui pressait déjà les mains. Elle se dressait sur ses petits pieds, mirant son sourire dans les yeux du jeune homme.

— Tu as bien tardé, dit-elle. Mon cœur te savait dans la forêt. J'ai monté sur un rayon de lune et je t'ai cherché trois jours, trois heures, trois minutes.

Simplice se taisait, retenant son souffle. Elle le fit asseoir au bord de la fontaine ; elle le caressait du regard ; et lui, il la contemplait longuement.

— Ne me reconnais-tu pas ? reprit-elle. Je t'ai vu souvent en rêve. J'allais à toi, tu me prenais la main, puis nous marchions, muets et frémissants. Ne m'as-tu pas vue ! ne te rappelles-tu pas tes rêves ?

Et comme il ouvrait enfin la bouche :

— Ne dis rien, reprit-elle encore. Je suis Fleur-des-eaux, et tu es le bien-aimé. Nous allons mourir.

X

Les grands arbres se penchaient pour mieux voir le jeune couple. Ils tressaillaient de douleur, ils se disaient de taillis en taillis que leur âme allait prendre son vol.

Toutes les voix firent silence. Le brin d'herbe et le chêne se sentaient pris d'une immense pitié. Il n'y avait plus dans les feuillages un seul cri de colère. Simplice, le bien-aimé de Fleur-des-eaux, était le fils de la vieille forêt.

Elle avait appuyé la tête à son épaule. Se penchant au-dessus du ruisseau, tous deux se souriaient. Parfois, levant le front, ils suivaient du regard la poussière d'or qui tremblait dans les derniers rayons du soleil. Ils s'enlaçaient lentement, lentement. Ils attendaient la première étoile pour se confondre et s'envoler à jamais.

Aucune parole ne troublait leur extase. Leurs âmes, qui montaient à leurs lèvres, s'échangeaient dans leurs haleines.

Le jour pâlissait, les lèvres des deux amants se rapprochaient de plus en plus. Une angoisse terrible tenait la forêt immobile et muette. De grands rochers d'où jaillissait la source jetaient de larges ombres sur le couple, qui rayonnait dans la nuit naissante.

Et l'étoile parut, et les lèvres s'unirent dans le suprême baiser, et les chênes eurent un long sanglot. Les lèvres s'unirent, les âmes s'envolèrent.

XI

Un homme d'esprit s'égara dans la forêt. Il était en compagnie d'un homme savant.

L'homme d'esprit faisait de profondes remarques par l'humidité malsaine des bois, et parlait des beaux champs de luzerne qu'on obtiendrait en coupant tous ces grands vilains arbres.

L'homme savant rêvait de se faire un nom dans les sciences en découvrant quelque plante encore inconnue. Il furetait dans tous les coins, et découvrait des orties et du chiendent.

Arrivés au bord de la source, ils trouvèrent le cadavre de Simplice. Le prince souriait dans le sommeil de la mort. Ses pieds s'abandonnaient au flot, sa tête reposait sur le gazon de la rive. Il pressait sur les lèvres, à jamais fermées, une petite fleur blanche et rose, d'une exquise délicatesse et d'un parfum pénétrant.

— Le pauvre fou ! dit l'homme d'esprit, il aura voulu cueillir un bouquet, et se sera noyé.

L'homme savant se souciait peu du cadavre. Il s'était emparé de la fleur, et sous prétexte de l'étudier, il en déchirait la corolle. Puis, lorsqu'il l'eut mise en pièce :

— Précieuse trouvaille ! s'écria-t-il. Je veux, en souvenir de ce niais, nommer cette fleur *Anthapheleia limnaia.*

Ah ! Ninette. Ninette, mon idéale Fleur-des-eaux, le barbare la nommait *Anthapheleia limnaia* !

ÉMILE ZOLA

Imprimerie Gilon. Verviers